LE FRONDEUR,

OU

DIALOGUES

SUR LE SALLON,

Par l'Auteur du COUP-DE-PATTE & du
TRIUMVIRAT.

1785.

LE FRONDEUR,

Par l'Auteur du COUP-DE-PATTE & du TRIUMVIRAT.

LE Sallon s'ouvre, & la foule s'empresse d'y pénétrer; que de mouvemens divers agitent le Spectateur! Celui-ci, poussé par la vanité, ne veut qu'être des premiers à donner son avis; celui-là, guidé par l'ennui, n'y cherche qu'un nouveau spectacle: l'un traite les Tableaux comme un simple objet de trafic, & ne s'occupe qu'à deviner la somme qu'ils seront payés; l'autre espère qu'ils serviront d'ample matière à son babil. L'Amateur les examine d'un œil passionné, mais trouble; le Peintre d'un œil perçant, mais jaloux; le Vulgaire d'un œil riant, mais stupide; la classe inférieure du peuple, accoutumée à régler ses goûts sur ceux d'un maître, attend que le suffrage d'un homme de marque vienne déterminer le sien. Par-dessus tout cela, beaucoup de jeunes Commis, de

A

Jeunes Marchands, de jeunes Clercs ; en qui des
travaux uniformes, journaliers & rebutans, doivent
néceſſairement éteindre le ſentiment du beau : voilà
pourtant quels ſont les hommes que chaque artiſte
a deſiré de ſe rendre favorables.

Cependant, il n'échappe à ces regards univer-
ſels, quoique ſeulement aidés par une foible lumière, que fort peu des défauts ou des beautés
de l'objet qui leur eſt ſoumis. Dans ce combat
général de raiſonnemens que forme une multi-
tude, quiconque n'a pas l'eſprit totalement faux,
adopte les ſentimens juſtes : la vérité, comme l'or,
a beſoin d'un feu qui l'épure, & l'on diroit
qu'extraite des opinions particulières de chaque
obſervateur par la chaleur des diſcuſſions, elle
ſe réunit en maſſe, & produit une opinion pu-
blique, d'autant plus ſage qu'on lui permet de
s'établir avec plus de lenteur & de liberté.

C'eſt cette opinion que tous les Artiſtes paroiſſent
ambitionner de tourner à leur avantage ; le moment approche où elle va ſe fixer. Combien,
dans ces jours intéreſſans, leur âme éprouve d'inquiétudes ! Satisfaits d'eux-mêmes, pendant le cours
de leurs travaux, leur confiance dure encore au
ſortir de l'attelier, & même elle ſe ſoutient juſ-
qu'au moment dangereux où, rapprochés les uns
des autres, la comparaiſon les avertit de leur mérite réciproque ; mais alors la vanité voudroit en

vain fe diffimuler fa défaite ; alors ceux qui fe flattoient de primer par leur talent , cherchent à primer par leurs intrigues ; ils ne ceffent pas tout d'un coup de prétendre à l'eftime générale ; mais tel s'efforce de l'obtenir en rabaiffant fes plus redoutables rivaux , tel autre , en élevant les moins habiles ; prefque tous , en fubjugant adroitement le goût des Spectateurs , voudroient fe ménager une place éminente ; enfin , la voix du peuple donne à chacun le rang qu'il mérite , malheureufement le mauvais goût de la plupart des gens riches , réfifte encore à l'approbation univerfelle , & met l'Auteur d'un bel ouvrage dans l'impoffibilité de recueillir tout-à-la fois une vraie gloire & du profit.

Cette confidération frappante défarme , avec raifon , la critique. A quoi fert en effet de cenfurer une production dont les vices appartiennent en quelque forte moins à celui qui la livre, qu'à la claffe des gens qui l'achètent ? Son Auteur n'eft plus un Artifte écarté de la bonne route , & qu'il y faille ramener , c'eft une victime que la néceffité, que le caprice ont forcé d'en fortir , & dont il faut refpecter le befoin. Sous ce nouvel afpect tout ce qu'il exécute eft bon , tout ce qu'il expofe eft parfait ; d'ailleurs, d'après quelle règle ceux qui marchandent un Tableau , préfument-t-ils fa cherté trop grande ? Sont-ils à même d'apprécier la fenfation que fait éprouver la vue d'une toile , où s'eft empreinte

une belle âme, à la faveur d'un grand génie?
S'ils favoient qu'un tel ouvrage n'a plus de prix,
peut-être ils rougiroient d'en mettre un fi bas à
tout ce qui leur offre encore quelqu'étincelle de ce
feu facré; au lieu de defirer qu'un Tableau s'em-
béliffe, que ne defirent-ils que leur efprit s'éclaire?
car ce font les bornes de leurs lumières qui en met-
tent à leur jouiffance. Le don de fentir s'achète-
t-il avec l'ouvrage du Peintre? le beau feroit-
il de convention comme les titres; qu'ils dé-
frichent leur âme, & les arts pourront y femer
des plaifirs.

Le défaut prefqu'entier de notions juftes, l'ha-
bitude de n'élever leurs prétentions de connoif-
feurs qu'au fuffrage de leurs laquais, l'efprit de
parcimonie qui paffe de la bourgeoifie à des rangs
plus diftingués, voilà peut-être la fource de
cette averfion que la plupart des hommes opu'ens
témoignent pour les grandes chofes.

La néceffité de vivre, l'efpérance de réveiller
une petite paffion dans de petites âmes, voilà ce
qui précipite de vrais talens dans l'abyme du mauvais goût.

N'eft-il donc plus poffible de rapprocher les
arts d'une douce aifance, & les richeffes du fens
commun.

Si l'on difoit à ce petit nombre d'hommes qui
poffèdent tout, occupez l'Artifte : & payez-le

bien ; car avec la moindre parcelle de ce même génie dont il anime le marbre ou la toile, il pourroit, s'il le vouloit, trouver des moyens sûrs de s'enrichir à vos dépens. Sans doute cette proposition une fois bien méditée, les rendroit moins rigoureux économes.

Ce million d'hommes ou environ, qui parlent avec tant de complaisance de leurs vastes propriétés, les croiroient-ils bien assises, lorsque vingt-quatre millions d'autres hommes cesseroient de retirer de leurs mains le juste & continuel salaire de leur industrie ? Présume-t-on que des fortunes immenses se feroient paisiblement élevées sans la ressource qu'offroit au reste du peuple la culture des arts, ou qu'elles resteroient en paix si cette culture venoit à ne plus rien produire ? Peut-être mes craintes sont exagérées ; mais pourtant ces révolutions imprévues, qui tant de fois ont renversé dans la poussière la postérité des riches, ont eu des causes plus méprisées : la paix intérieure des empires a cessé par-tout, & dans tous les temps, aussitôt que les arts ont cessé de fournir à l'existence de celui qui les cultivoit. Il est donc d'une politique adroite de verser une pluie d'or sur ces mains industrieuses qui pourroient en disputer la source, & quelques Seigneurs, plus éclairés que le commun des autres, se font acquis beaucoup d'estime & d'honneur en agissant d'après ce principe utile.

A iij

Ainfi, quand le defir de plaire au Souverain n'ex-
citeroit pas à fuivre l'exemple qu'il donne, l'intérêt
effentiel des riches feroit toujours d'employer une
partie de leur fortune à fentir le prix des arts , &
d en facrifier encore une autre à payer les grands
talens ? mais une ignorance profonde fait redouter
des erreurs difpendieufes , & rien ne la fuppofe
autant chez les grands que leur crainte continuelle
d'être la dupe des petits. Si j'ai reçu de la nature
quelque fentiment capable de diftinguer le vrai
beau ; fi elle ne m'a pas refufé l'art d'en exprimer
clairement l'idée abftraite, j'effayerai de le dévoiler
à l'homme riche , afin que l'Artifte ne l'ait pas produit en vain.

Par ce nom de beau , j'entends ce qu'on ne fau-
roit ceffer d'admirer qu'en perdant le libre ufage
de fon cœur & de fon efprit. L'homme , efclave
dans fes actions & dans fes penfées, doit en mal
juger ; ce n'eft plus qu'une machine rarement bien
montée par le hafard. Celui dont l'imagination très-
étendue s'élève au-deffus des opinions ifolées de
chacun , & qui raffemble d'un coup-d'œil leurs
opinions uniformes , parvient à fe faire du vrai
beau des principes invariables ; il voit que nos
goûts les plus conftans font pour ce qui flatte
nos paffions les plus générales : or, ce que
nous aimons le mieux , c'eft ce qui nous reffemble davantage , & ce qu'une vue habituelle

enchaîne , pour ainſi dire , à notre exiſtence.

Parce que nous ſommes animés, nous regardons avec un ſentiment d'intérêt ce qui nous paroît doué d'un ſentiment de vie.

Dans l'âge où nos jugemens ont du poids, les troubles du monde nous font ſouhaiter le repos, & nous voulons que l'objet offert à nos yeux , ne fatigue point notre âme.

De tous côtés l'azur éclatant des cieux la tranſparence des eaux, la douce vapeur qui remplit l'eſpace, & répand ſur la nature un coloris harmonieux, nous font deſirer de les retrouver dans leur image.

Nous ſommes nés curieux , & ce qui nous inſtruit ſans peine, eſt ſûr de nous attirer toujours.

Nous devenons orgueilleux ; & ce qui autoriſe en nous l'eſtime de nous-mêmes, nous ſera conſtamment cher.

La nature nous étonne autant par la variété de ſes productions, que par le petit nombre de ſes élémens, & la ſimplicité du principe qui dirige ſes travaux ; auſſi nous deſirons que l'Artiſte , en s'aidant d'un pareil principe, rende féconds des moyens bornés, & qu'il imite moins les ouvrages de la nature que ſa manière de les produire. Mais ce qui ſur-tout conſtitue la perfection du beau , c'eſt la juſte proportion que doivent avoir entre-elles les différentes beautés d'un ſeul objet ,

tâche glorieufe, mais pénible , que les plus grands
Artiftes ont eu rarement le bonheur de remplir.

Cependant ceux qui voudront effayer de réunir
ces rapports heureux , doivent , après avoir long-
temps étudié la nature dans fes détails , l'examiner
de nouveau dans les inftans où fon fpectacle les
frappe ; enfuite ils analyferont ce fpectacle , & ils
rechercheront la caufe principale de leur émotion.
Cette étude répétée , a fait éclore dans l'efprit du
Pouffin des règles non écrites qui ont produit les
Tableaux de la Pefte & de la Manne , le Déluge &
les Sacremens , le Teftament d'Eudamidas & les ob-
féques de Phocion.

Par l'examen approfondi des Tableaux , le jugement s'éclaire fur les défauts qu'on veut éviter ;
par la contemplation des chofes naturelles , le
génie s'exerce à découvrir les fources du beau
qu'on veut créer ; cette remarque nous aide à con-
clure jufqu'à quel degré l'une de ces études eft capable de fervir à l'autre.

Un des grands moyens pour flatter les fens &
& l'âme, c'eft d'ébranler nos organes par des fe-
couffes périodiques ; on a beau fe deffendre . il faut
qu'on cède au pouvoir de ces coups énergiquement
redoublés ; l'auteur du monde nous a foumis à leur
empire , en les faifant agir continuellement fur nos
fens. Ouvrons les yeux ; le jour & la nuit fe fuccèdent
avec mefure ; la lumière & l'ombre fe balancent

avec proportion ; les mêmes aftres courent fur nos têtes à des époques déterminées. Ouvrons l'oreille, la mesure muficale nous préfente cette période conftante, que des beaux efprits font encore affez ridiculement confifter dansla répétition de la mélodie; fi nous fentons les fleurs, la néceffité de refpirer par intervales, fufpend notre plaisir pour l'augmenter. Quant aux deux autres fens , qui veillent plus près de nous à la conservation de nous-mêmes , le taɛt & le goût , s'il étoit néceffaire d'analyfer leurs jouiffances , nous y retrouverions une alternative de douceur & d'âpreté , de vuide & de plénitude affujétie aux mêmes révolutions.

Mais qu'il est facile de fe méprendre lorfqu'on applique ces grands principes à chacun des beaux Arts !

En Mufique , nos pères, profondément perfuadés que la lenteur caraɛtérifoit la nobleffe , ont tranfporté dans leurs chants prétendus nobles, cette lenteur monotone qui nous endort en les écoutant; & quand Rameau fouloit aux pieds leurs préjugés , nos pères ne manquoient pas de trouver barroque, ce qu'il produifoit de véhément & de rapide.

En Peinture , on a fenti le befoin d'accord entre les couleurs ; mais au lieu de rapprocher l'une de. l'autre des couleurs amies , on a couvert les Tableaux de couleurs à peu-près femblables ; & les

François, par une fuite de cette erreur, ont été pendant long-tems de ridicules Coloriftes.

En Poëfie, on a juftement prétendu que l'Épopée ne pouvoit exifter fans merveilleux ; mais on a perdu tout le fruit de cette obfervation, en s'obftinant à ne tirer ce merveilleux, que d'un ramas d'erreurs populaires.

Je me borne à ce peu d'exemples ; ils fuffiront pour prouver qu'il eft auffi dangereux d'appliquer mal de bons principes, que d'en adopter de mauvais.

Il eft donc effentiel qu'un Artifte, méditant fur les différentes parties de fon Art, ne tranfporte point à l'une, l'emploi ni le caractère plus convenables à l'autre. La couleur noire afflige l'œil ; mais dans un fujet pathétique, le choix de cette couleur pourroit devenir un acceffoire très-déplacé. Le mouvement de la flamme eft à la vérité continuel ; mais donner au deffin du corps humain les contours tremblans de la flamme, ainfi que cela fe prefcrivoit jadis, c'étoit moins lui imprimer le caractère du mouvement, que celui d'une extravagante foupleffe. Sans doute il faut que les parties d'un grouppe fe lient ; mais on a tort d'exiger que ce grouppe foit un maffif, quand le traducteur de Dufrefnoi de Piles, (fi fouvent reproduit dans l'Encyclopédie, aux articles du Chevalier de Jaucourt,) nous dit : gardez-vous bien *de peindre les*

*nuées , les vents & les tonnerres , dans les lambris
qui font près des pieds , & l'enfer ou les eaux dans
un plafond.* Il oublie qu'un fallon ne repréfente
pas l'univers , & que tout ce qui eft renfermé dans
un cadre , ne tient déformais au refte que par fon
effet matériel fur la vue.

La Mufique eft fufceptible d'une extrême variété , je l'avoue ; mais ils n'en font pas moins
gauches , ces Écoliers d'à-préfent qui, tourmentant
la modulation, font faire à l'ouïe les mêmes fou-
brefauts qu'à l'homme qu'on berne ; c'est le mé-
lange des intonations qu'il faut varier , & non pas
les modulations , dont, au contraire, le changement
n'a jamais d'effet qu'autant qu'il eft rare.

Ce n'eft pourtant pas que dans les diverfes bran-
ches d'un Art, il y en ait d'exclufivement vouées,
l'une à exciter l'intérêt, une autre la curiofité , une
autre à réveiller des fentimens de grandeur , une
autre à rappeler les loix d'un jufte équilibre. Non,
chacune de leurs différentes parties fe trouve comme
tous les objets qu'on expofe à la lumière , c'eft-à-
dire, chargée plus ou moins des reflets de ce qui
l'entoure.

D'après tant d'études générales & particulières ,
s'imaginera-t-on que l'inftinct d'un amateur puiffe-
être un Juge bien infaillible du beau. Leur pré-
fomption à cet égard m'étonne toujours comme
une chofe nouvelle ; & fi les Artiftes que la mifère

& la trop grande population multiplient, n'en étoient pas les victimes, l'excès de ce ridicule seroit trop amusant pour ne pas mériter d'être ménagé.

Puissent mes réflexions les déterminer à se méfier davantage de leurs premiers apperçus ; il seroit bien étrange qu'il leur fût si aisé de sentir le beau, tandis qu'il est si difficile à l'Artiste de le choisir.

Puissent tous ceux dont les coffres regorgent d'or, se rappeler que ce métal peut cesser tout-à-coup de représenter la richesse . . . . . .

. . . . & que l'enfouir, c'est avertir l'homme industrieux d'apprendre à s'en passer tout-à-fait, en favorisant l'usage des signes qui le remplacent.

Puissent enfin les vrais Artistes me dédommager par leur estime du courroux des Artisans : quelque bon que soit un cœur, souvent le bien qu'il aspire à faire, tient à des maux qu'il ne sauroit empêcher : on ne peut pas se flatter de marcher long-tems dans le champ des Arts, sans offenser malgré soi d'imperceptibles vermisseaux.

LE FRONDEUR,

UN PEINTRE.

Le Peintre. Voilà ce Frondeur inexorable, dont la bile s'enflamme toujours à l'Aſpect d'un mauvais Tableau. Écoutons-le.

Le Frondeur. Qu'y gagnerez vous? je veux me taire aujourd'hui ſur ce qui n'aura pas mon eſtime, & d'abord je ne dirai rien de Jephté.

N° 4.

Le Peintre. Vous nous condamnez donc à ne pas ſavoir ce que vous penſez d'Hercule au berceau?

18.

Le Frondeur. Moi, j'ai pour lui la même indifférence que l'Auteur paroît avoir eue en le compoſant.

Le Peintre. Si vous ne changez pas de maxime, vous garderez long-temps le ſilence.

Le Frondeur. Non pas, s'il vous plaît, voilà qui me forcera bien de le rompre.

Le Peintre. Quoi?

Le Frondeur. Tous ces portraits qu'une femme a fait reſpirer.

85, &c.

Le Peintre. Il eſt vrai que Madame le B . . . ſemble avoir, en les peignant, dérobé le feu du ciel; qu'elle redoute le ſort de Prométhée.

Le Frondeur. On dit qu'en effet fi le Vautour de l'envie ne déchire pas fon cœur, il s'amufe à déchirer fes ouvrages.

Le Peintre. Seroit-ce tenir un peu du Vautour, que de reprocher à fa Bacchante ce bras droit mal deffiné?

Le Frondeur. Dès qu'une femme de goût s'échappe dans le pays de l'hiftoire, on s'apperçoit que la carte lui manque.

Le Peintre. Ce fexe eft bien sûr de notre indulgence.

Le Frondeur. Oui, dans une fociété particulière où fes agrémens perfonnels font oublier fes prétenrions ; mais en public, mais ici nous ceffons d'applaudir l'Auteur qui, lui même, a voulu rifquer de ceffer de plaire en s'exagérant fes forces.

56.   *Le Peintre.* Autre ouvrage de femme, un enfant & du lilas.

Le Frondeur. Alors autre prétention mal fondée.

Le Peintre. Il y a du mérite dans ce Tableau.

Le Frondeur. Oui, le mérite d'un homme fans doigts quand il enfile une aiguille, celui de mal faire une chofe que le défaut de moyens rend prefqu'impoffible.

Le Peintre. Puifque le défaut de moyens vous paroît devoir être de quelque confidération, louez ce Nº 2.... L'Auteur peut fe vanter de l'avoir fait fans génie.

Le Frondeur. Mais non pas fans mannequins. Il règne dans cette compofition je ne fais quel air d'affoupiffement qui endort jufqu'au Spectateur.

Le Peintre. Vous remarquerez qu'il eft parfaitement peint , que les draperies font faites avec foin , qu'il s'y répand une vapeur grife très-convenable au fujet.

Le Frondeur. Oh! tout cela convient tellement au fujet, que fi le Tableau me déplaît, c'eft fûrement la faute de ce malheureux fujet : oui, c'eft lui certainement qui ne convient pas à tous ces perfonnages alignés ; c'eft lui qui ne convient pas à ces airs de tête fans caractère , à la difpofition mefquine des grouppes, au petit effet des lumières , à la foibleffe du coloris.

Le Peintre. Eh! quel effet voulez-vous que produife l'arrivée d'un guerrier dans la tente d'une femme morte ?

Le Frondeur. Quel effet ? Le plus riche de la peinture , pourvu que le Peintre foit en état de concevoir que ce guerrier, c'eft Alexandre pleurant la femme de Darius. La plus belle femme de l'Afie avoit été refpectée par le plus fier des vainqueurs. Je me figure ce Héros généreux , cachant fes larmes dans le fein d'Epheftion ; fur un plan moins éloigné, l'objet qu'il regrette, peu chargé

de draperies, étaleroit des graces touchantes ; ſa
tête reſteroit abandonnée aux triſtes regards de
Syſigambis ; car le repos & la tranquillité morne ca-
ractériſent une vieilleſſe infortunée. J'aurois enſuite ,
en diſpoſant les deux filles & les ſuivantes de cette
Reine ſuperbe , indiqué ſon luxe par leur grand
nombre , & leur affliction muette par la diſperſion
de leurs grouppes, ainſi que par la négligence de
leurs vêtemens ; mais la vue n'auroit pas été ſe perdre ſur cette longue couverture d'un lit très inutile
pour une femme qui ſuccombe tout-à-coup aux fa-
tigues d'une marche guerrière. Aux pieds de ce lit ,
où ſemble dormir une poupée ſans proportions,
on n'auroit point apperçu de Princeſſes couchées
comme ces images de vertus , qui décorent les ca-
tafalques. Il ſuffiroit d'un Prêtre & de quelques
cierges pour completter dans ce Tableau l'appareil
d'une Chapelle ardente. Pourquoi la même toile
offre-t elle Alexandre arrivé déjà depuis long-temps
ſur la ſcène , puiſqu'il a l'air de diſcourir, & Syſigambis encore occupée à le voir arriver ? Cette
vieille Reine auroit-elle été pétrifiée par ſa pré-
ſence ?

Le Peintre. J'avoue que cela forme une du-
plicité d'inſtant fort propre à choquer les eſprits
juſtes.

Le Frondeur. Voilà pourtant de ces chef d'œuvres qu'on admiroit , il y a huit ans, au Sallon.

Cette

Cette manière étoit comme une livrée qu'il falloit porter pour pénétrer dans l'Académie.

Le Peintre. Je le fais ; mais auffi vous voyez que la tyrannie dans les écoles a le même fort que dans les empires ; quand on fecoue fon joug, c'eft rudement & pour long-temps.

Le Frondeur. Je vois encore ici des hommes de talent traîner leur petit bout de chaîne.

Le Peintre. Expliquez-vous ?

Le Frondeur. Ce Tableau de Manlius Torquatus tient de près aux vieilles maximes, au goût furanné ; c'eft précifément une palette garnie.

Le Peintre. L'Auteur fait parfaitement fon métier.

Le Frondeur. Tant mieux fi la Peinture eft un métier, nous eftimerons l'ouvrage à la toife.

Le Peintre. Pouvez-vous n'attacher nul mérite à l'art d'étendre hardiment la couleur ?

Le Frondeur. Comment ferois-je touché d'un talent que M. Ville poffède ?

Le Peintre. Il me femble que dans tous les arts on loue une exécution facile.

Le Frondeur. Oui ; mais avoir un pinceau facile, faire des vers faciles, jouer d'une manière facile, ce n'eft pas tant exécuter avec promptitude, qu'exécuter avec fûreté, & même faut-il encore que ce foient de bonnes chofes.

B

Le Peintre. M. de Voltaire définit autrement la facilité dans l'Encyclopédie.

Le Frondeur. Il est vrai, mais il ajoute : *Ainsi les Tableaux de Paul Véronèse ont un air plus facile & moins fini que ceux de Michel-Ange ; les Symphonies de Rameau sont supérieures à celles de Lully, & semblent moins faciles.* Voilà de quoi faire apprécier sa définition.

Le Peintre. Après tout, ce mérite n'est pas le seul par où M. B. . . . . se distingue, il colore avec chaleur.

Le Frondeur. Prodiguer le jaune & le rouge, voilà les trois quarts de son secret.

Le Peintre. Mais il entend bien l'harmonie.

Le Frondeur. Mais il enfonce trop peu ses plans.

Le Peintre. Mais ses expressions ne sont pas choquantes.

Le Frondeur. Mais elles sont loin d'être admirables. Un père qui condamne à la mort son fils victorieux, & cela pour maintenir la subordination militaire, doit conserver sur sa physionomie presqu'autant de calme que s'il étoit résolu de mourir lui même pour le salut de sa patrie. La plupart de ceux qui l'environnent participeront plus ou moins d'un tel caractère ; il ne faut donner qu'à des femmes l'emploi de blâmer cette justice sévère par les mouvemens de crainte ou d'horreur. Cette pitié

que chaque perſonnage témoigne ici , tient lieu d'une
improbation générale que le dernier effort dupatrio-
tiſme ne mérite pas d'eſſuyer , & à laquelle il ne voudroit pas ſe ſoumettre. Il eût été beau de ſuivre ici
l'exemple du grand Corneille , qui fait trouver au
jeune Horace un défenſeur dans le vieillard le plus reſ-
pectable qu'il pût choiſir, dans ſon père, le père même
de la victime qu'il vient d'immoler. Le Peintre doit
bien juger qu'avant d'ordonner cet acte terrible ,
deux ſentimens fort oppoſés ont déchiré le cœur du
vertueux Manlius; la nature plaidoit pour ſon fils ;
mais l'amour de ſon pays lui crioit : » Si le bon-
» heur excuſe une infraction, tu ne ſais plus ce qu'un
» haſard malheureux va t'en réſerver à punir ; ſi le
» bras du Guerrier briſe la chaîne du devoir, tu ne
» ſais plus où s'arrêteront ſes excès ; la défaite de
» tes armées , le pillage de tes villes, le maſſacre
» de tes concitoyens , peut tenir à cette première
» inſubordination ; tu ne voudrois pas qu'on repro-
» chât un jour à ton fils d'avoir occaſionné tant de
» maux ; enfin, ton indulgence terniroit ton hon-
» neur , au lieu que ta ſévérité conſerve ta gloire ,
» & rétablit pour jamais la ſienne. » Le père qui
cède à de ſi grands intérêts , n'a l'air ni furieux ni
tendre ; il a dans les traits cette grandeur de formes
qui fait préſumer la grandeur des ſentimens; ce n'eſt
point une paſſion du moment qu'il y faut peindre,
mais une paſſion qui n'ait jamais ceſſé d'exiſter au

enfin qu'elle fe repofe ? Affis, debout, couché ; fond de fon âme. Tourmenter fes yeux , fa bouche & fes bras, comme fait un mauvais Acteur durant une ritournelle , ce feroit bleffer la vérité ; cacher la moitié de fa figure & lui prêter un gefte emporté, c'eft manquer de nobleffe & dénaturer le fujet.

Le Peintre. Vous parlez à merveille ; mais tant de raifonnement ne rend-t-il pas un Tableau froid ? Voyez cet Hector.

I.

Le Frondeur. Les raifonnemens juftes font prendre un parti raifonnable ; beaucoup de raifonnemens de cette efpèce, modèrent une vivacité folle, ou déterminent un efprit fage à ne pas choifir des fujets de forte expreffion. Si l'Auteur d'Hector avoit raifonné davantage, il fe feroit dit fans doute à lui-même : pourquoi mon caractère n'ayant aucune affinité avec celui d'Homère , veux-je m'obftiner à le reproduire fous mes tranquilles pinceaux ? Fidèle aux portraits que je me fuis faits une fois de la famille de Priam , continuerai-je encore de retourner mon modèle dans tous les fens ? Si mes ouvrages , comme ceux de Rubens , occupoient feuls une galerie , foutiendroient ils glorieufement cette épreuve ? Une collection de Tableaux doit-elle reffembler aux fubdivifions d'un fermon ? Pour une fois qu'on aura vu le beau Pâris avec un extrême plaifir, faut-il toujours le ramener fur la Scène ? La belle Hélène qui a tant pofé, n'eft-il pas l'heure par derrière, en face, de profil, aux deux tiers, ce Ménage grec a paru sous tous les aspects; pour achever d'épuiser la combinaison de leurs attitudes, il ne reste plus qu'un moyen, c'est de les peindre les pieds en l'air.

Le Peintre. Voilà ce qu'on peut appeler une idée bouffonne.

Le Frondeur. Pas plus bouffonne que ce Tableau où je vois une fille garottée par des bandits.   144.

Le Peintre. Effectivement, j'admire jusqu'où peut aller la dépravation du goût.

Le Frondeur. Elle passe des Boulevards au Sallon.

Le Peintre. . . . .

Le Frondeur. L'Auteur se distingue ordinairement par un choix de sujets ignobles, & par un vernis presqu'aussi épais que son génie.

Le Peintre. . . . .

Le Frondeur. On diroit qu'il peint au verglas.

Le Peintre. Croiriez-vous qu'il trouve des Admirateurs?

Le Frondeur. Apparemment pour les détails.

Le Peintre. En effet, la fille qu'il a peinte est charmante.

Le Frondeur. Ah, charmante! c'est beaucoup dire; mais, si vous voulez, pleine d'honneur.

Le Peintre. Et sur le point de le perdre.

Le Frondeur. Heureusement un Recruteur la délivre.

Le Peintre. C'eſt pour cela juſtement qu'elle ſe dé-
ſeſpère.

Le Frondeur. Voilà le beau de l'aventure ; M. V...
ne fait rien comme un autre ; mais il ignore ſi peu
les moyens de plaire que, s'il vouloit réunir tous les
ſuffrages, il n'auroit qu'à toujours exécuter le contraire de ſa penſée.

Le Peintre. J'aime à la folie ce vieux Scélérat
ſur un plan coupé, qui fait voir ſon épaule en-
tamée ; il attire adroitement l'attention des Spectateurs.

Le Frondeur. Ah ! Peintre unique de la nature
baſſe, puiſque je retrouve ici vos ouvrages,
vous ſervez de preuve à l'Académie qu'elle
n'exclut aucun genre, pas même le dégoûtant.

Le Peintre. Paſſons vite au plus grand con-
traſte.

Le Frondeur. Où me traînez-vous ?

Le Peintre. Devant Bélizaire.

Le Frondeur. Le magnifique ouvrage !

Le Peintre. De beaucoup ſupérieur au Tableau
que vous en avez vu en grand.

Le Frondeur. Oui, certes, le ſoldat n'a point la
maigreur que l'on reprochoit à l'autre ; mais, vous
le dirai-je, le bras de cet enfant eſt trop gros &
trop muſclé ; ſes deux jambes ſont toujours très-
mal poſées ; je ne connois qu'Arlequin capable de
ſe tenir auſſi roide, quand on s'apprête à l'écorcher.

104.

La femme manie toujours fansraifon fa draperie;
elle ne doit pas fe trouver embarraffée de fes mains,
comme un provincial de fon épée : en outre, la
conception du fujet annonce toujours une imagina-
cion trop ftérile. Les trois figures principales forment
trois maffes parallèles fur une ligne inclinée qui
provient des plans mal choifis : on voit qu'il a
fallu remplir après coup l'intervalle entre la femme
& le foldat par deux petits mannequins tout-à-fait
indifférens à l'action. Heureufement tous ces
défauts font couverts par une exécution pré-
cieufe.

Le Peintre. Tournez-vous de ce côté, vous
verrez, à peu de chofe près, un petit Tableau de
le Moine.

Le Frondeur. En effet, M. M..... rédevient
joli.

Le Peintre. Croiriez-vous qu'une demie fcience,
une demie grace, une demie expreffion, finif-
fent par m'ennuyer autant que des propos de demi
favant.

Le Frondeur. Je trouve cela tout fimple. Notre
ame préfère un entier repos à des fenfations in-
complettes; car alors elle fe voit abandonnée au
milieu de la carrière où le Peintre lui promettoit
des plaifirs. Si vous me demandez ce que fait
Hercule, je vous répondrai qu'il eft debout fur fes
jambes, & qu'il découvre la figure d'Alcefte ; ce

B iv

que fait Alcefte, qu'elle eft debout fur fes jambes
& qu'elle regarde Admette ; ce que fait Admette,
qu'il n'eft pas trop affuré fur fes jambes, & qu'il
fait des yeux très-doux.

Le Peintre. Chaque perfonnage le lui rend bien.
S'il eft vrai que l'œil foit le miroir de l'ame, je
foupçonne toutes ces ames là d'être forties d'un
feul moule.

Le Frondeur. Connoiffez-vous rien de plus fade
qu'un homme en cottes d'armes qui fe penche
d'un air galant ?

Le Peintre. Il m'eft quelquefois venu dans l'idée,
lorfque je vois un homme agité de quelque paffion
de prendre tout-à-coup fon attitude & fon air de
tête pour m'éclairer fur fa penfée. En ufant ici
de ce moyen, je découvre qu'Admette dit poli-
ment à fa moitié : Madame, vous avez le teint
naturellement beau, vous reffemblez à ma charmante Polixène ; pourquoi vous mafquer de plâtre
on vous croira de retour de Paris ? Au moins le
féjour de l'enfer n'a pas été, je l'efpère, fatal à votre
vertu ; quoique vous me faffiez la mine & que
votre voile foit jaune, venez vous repofer dans
mon château, l'architecture en eft un peu lourde,
les colonnes font loin d'avoir deux fois votre hau-
teur, mais les lits font excellens, & vous jugez
à ma taille rondelette, que mon cuifinier n'eft
pas mauvais. Voilà quel eft fon difcours mot pour

mot ; or , ce qui mérite à peine d'être écrit, ne méritoit pas d'être peint.

Le Frondeur. Venez voir cette même Alceste ex- 178: pirante.

Le Peintre. Ce lit m'offufque , il eſt bien rendu, mais peu néceſſaire ; une Reine qui ſe dévoue à la mort, n'attend pas la mort dans ſon lit.

Le Frondeur. Ce tableau préſente un bel effet de lumiere.

Le Peintre. Et une grande harmonie.

Le Frondeur. L'auteur s'eſt fait des règles ſûres. Voyez comme la diverſité des nuances qu'il donne aux draperies d'une même teinte, détermine l'enfoncement de ſes plans.

Le Peintre. En effet, j'en vois de blanches & de bleues, dont la diverſité marque la diſtance des objets entre-eux , & produit ſur la vue une douceur ſans monotonie.

Le Frondeur. Son deſſein n'eſt pas d'un ſtyle auſſi grand que ſon ordonnance ; mais il poſsède ce dernier mérite à un dégré rare.

Le Peintre. J'entrevois dans la demie teinte un perſonnage qui couvre la ſtatue de l'hymen.

Le Frondeur. C'eſt emprunter à propos le ſecours de la poéſie, & cet heureux acceſſoire ne diſpute pas au principal objet les premiers regards du ſpectateur.

Ces figures preſqu'iſolées offrent un léger déſordre qui m'intéreſſe & me trouble.

Le Peintre. Admette ne paroît-il pas dans une situation trop calme ?

Le Frondeur. Je crois reconnoître en lui l'accablement de la douleur.

Le Peintre. L'afpect d'un mourant qui ne tient à nous par les nœuds de l'amitié ni par ceux de la nature, excite ordinairement fur notre vifage ou la tendreffe ou l'effroi ; mais quand une ame où nous retrouvions tous les fentimens de la nôtre, ceffe de communiquer avec nous ; quand la main de la corruption ternit des yeux dont le regard a long-temps adouci nos peines ; quand il ne refte plus de chemin pour pénétrer dans un cœur que le defir de nous voir heureux a fait mille fois palpiter ; quand il faut fe dire un adieu fubit , & voir la moitié de foi-même s'envelopper douloureufement d'une ombre éternelle , eft-il poffible que nous exiftions, ou que l'afpect du dernier néant n'ait pas glacé tous nos traits ? Heureux qui n'a jamais fenti cette horrible angoiffe : car fi fon malheur le deftine à l'éprouver un jour, il trouvera qu'il eft plus doux de mourir.

Le Frondeur. Ecartons-nous de cette intéreffante compofition, je me fens déjà pénétrer d'une mélancolie profonde.

143. *Le Peintre.* Il me femble que M. V. a eu le deffein de repréfenter un fujet pareil.

Le Frondeur. En ce cas j'ai eu tort d'avoir dit qu'il

choififfoit toujours des fujets ignobles , je dois dire qu'il rend ignobles tous les fujets qu'il choifit.

Le Peintre. N'eftimez-vous pas fes deffins ?

Le Frondeur. C'eft un genre où il réuffit. Je les trouve librement faits.

Le Peintre. Au lieu de vouloir fermer la bouche de la critique après avoir choqué fes yeux , fi les Artiftes ne tendoient pas toujours à fortir de la fphère de leur talent, leur amour propre y trouveroit beaucoup mieux fon compte.

Le Frondeur. Voilà de charmans ouvrages de genre qui prouvent ce que vous dites. On admi-roit & l'on railloit en même temps le même Peintre , fuivant qu'il préfentoit de grands ou de petits tableaux. 5.

Le Peintre. Il poffédoit les graces du genre rufti-que. Ses pigeons & fes poules ont un joli mouve-ment.

Le Frondeur. Et fa couleur eft d'une tranfparence agréable.

Le Peintre. Cet auteur n'exifte plus , n'attendons pas que M. de Marne foit mort pour en dire beau- 163 , &c. coup de bien.

Le Frondeur. Ce n'eft pas un tableau , c'eft un pays que M. N. crée , mais il néglige de l'embellir, 174 , &c. & il le pourroit en lui donnant une couleur moins monotone.

Le Peintre. M. Vanloo , dans fes payfages, a peint 125 , &c.

des Sites heureux , presque par-tout ses figures sont
d'un beau style : que n'y–a–t–il plusde fermeté d'exécution !

Le Frondeur. M. Robert ne finit pas ses tableaux.
Ce sont de très-agréables esquisses. Il y rapproche
l'un de l'autre des objets fort étonnés de se trouver
ensemble. Madame de Villedieu chargeoit des
noms fameux de figurer dans ses historiettes; à son
exemple M. Rob... orne ses vues des copies de
belles antiques. Ses ouvrages sont presque toujours
les rêves d'un homme d'esprit. Cette vue de la célèbre Fontaine de Vaucluse est d'une vérité frappante. Du fond d'un abîme ouvert sous un im-
mense rocher, s'éleve une rivière qui porte bateau
dès sa source, & fertilise le beau pays auquel nous
devons l'immortel Vernet. C'est à Vaucluse que
Pétrarque habita long-temps près de la demeure de
Laure, mais non pas dans ce château qui tombe en
ruines, comme les paysans du lieu le persuadent
aux voyageurs : ce château servoit de résidence à
l'Evêque, & la maison de Pétrarque se trouvoit dans
le vallon.

Le Peintre. Je suis surpris que M. R... n'ait pas
enrichi son tableau d'un accessoire si naturel.

Le Frondeur. Et moi je suis surpris que son coloris
manque ici de vigueur.

Le Peintre. Et qui n'en manqueroit pas à côté
de cette tempête ?

Le Frondeur. C'est, je l'avoue, une fière composition.

Le Peintre. Apprenez, je vous prie, aux amateurs que ce tableau n'est vendu que dix mille écus.

Le Frondeur. Quoiqu'il vaille assurément davantage; à ce prix, du moins le clair de lune de M. Hue doit bien être payé quelque chose.   72.

Le Peintre. Pourquoi au-dessous d'un rocher inaccessible, M. Vernet suppose-t-il une batterie qui ne paroît pas nécessaire ?   26.

Le Frondeur. C'est qu'il en résulte un angle & deux lignes très-favorables à l'effet de son tableau. M. Vernet s'est fait un système excellent d'interrompre toujours la ligne d'une masse par une autre ligne d'objet fuyant. Ce N°. vous en offrira la preuve multipliée; c'est à l'éclat des principes de cette espèce que ce Peintre sans rival pénètre avec sûreté dans le labyrinthe de la nature. Mais que son chef-d'œuvre m'étonne ! terre, eau, feu, cieux, quel effrayant ensemble, quelle fermeté de pinceau, quelle vigueur dans un âge si avancé, non ce vieillard n'est pas un homme, c'est le Dieu des quatre élémens.

Le Peintre. C'est dommage que vous ne prodiguiez pas la louange, vous lui donnez un tour peu commun.

Le Frondeur. Tout mon mérite consiste peut-être à ne l'appliquer qu'à propos.

20.

Le Peintre. Vous ne donnétez donc pas le plus petit mot d'éloge à cet embrâfement de Troye ?

Le Frondeur. Je loüerai, fi vous voulez, le Peintre comme Architecte. Son grand efcalier couvre la moitié de fa toile.

Le Peintre. Ah, que n'en a-t–il employé un peu à couvrir ces trois figures !

Le Frondeur. Nous y perdrions un jeu de théâtre qui fe découpe agréablement fur la décoration du fond.

Le Peintre. Voilà de l'ironie toute crue ; mais ne pourroit-on pas nous répondre qu'une critique eft plus aifée à faire qu'une image à l'huile.

Le Frondeur. Détrompez-vous, une bonne critique eft fort rare. Les gens d'efprit & de goût ne diront jamais qu'il foit plus facile de bien penfer & d'écrire, que de bien penfer & de peindre.

Le Peintre. Il eft vrai que dans l'art de préfenter fes idées, il ne faut pas de moindres études pour conduire la plume que pour diriger le pinceau.

Le Frondeur Sans doute, & fi l'on apprécioit le talent qu'exige une faine critique, d'après l'ignorance de quelques écrivaffiers qui s'en mêlent, on pourroit donc avec autant de raifon préfumer la peinture une chofe aifée, puifque M. R. . . barbouille de grands plafonds.

Le Peintre. Il a pris un vol bien élevé dans la falle des Italiens.

Le Frondeur. Il eſt tombé de moins haut ſur la ſcène Françoiſe.

Le Peintre. Oui, ſa tragédie alloit, dit-on , terre à terre.

Le Frondeur. Remarquez-vous combien le Sallon de cette année eſt lugubre , il n'eſt preſque rempli que de morts & de mourans.

Le peintre. Qu'importe , ſi ce qui les entoure eſt bien animé. D'ailleurs , on pourroit dans pluſieurs ſujets ſe diſpenſer de peindre des lits , & cela n'auroit pas fait du Sallon , une eſpèce d'infirmerie.

Le Frondeur. Du moins vous avez la ſatisfaction de n'y plus revoir l'hiſtoire de France fatiguer vos yeux d'un coſtume de polichinel.

Vous en vouliez étrangement à ce pauvre coſtume françois , ſera-t-il conſtamment l'objet de vos ſarcaſmes?

Le Peintre. Oui , tant que je ſerai forcé de me ſoumettre à ſa gêne.

Le Frondeur. Le trouvez - vous donc ſi incommode ?

Le Peintre. J'aurois tort aſſurément. Notre toilette, à nous artiſtes, n'eſt pas ordinairement longue. Suppoſons-la d'une heure en tout par jour, & retranchons le ſommeil de la durée de notre vie , vous verrez que tous les douze ans nous aurons paſſé une année entière dans l'agréable exercice d'ôter & de remettre nos chauſſes , notre habit, nos bas, des fouliers qui nous bleffent, un col qui nous étrangle. Impitoyablement couverts, ferrés, boutonnés duant les plus ardentes chaleurs de l'été, nous n'avons en hiver, pour nous garantir du froid, que la reffource de porter vingt aunes d'étoffe à notre derrière, afin qu'il s'en trouve un peu fur nos bras. Au lieu de cet attirail toujours prêt à fe découdre, une large & longue draperie mobile tiendroit chaud, dureroit long-temps, plairoit à l'œil, feroit utile de nuit & de jour; mais la politeffe Velche déclare indécent tout inférieur qui paroîtroit à fon aife en préfence d'un fupérieur ou dans un endroit public.

Le Frondeur. Il eft vrai que dans ce moment j'étouffe, à l'exemple de fept ou huit cens perfonnes qui refteroient bien ici jufqu'au jugement derniei, fans ofer paroître en vefte.

Le Peintre. Nous conviendroit-il de reffembler à des Efpagnols ?

Le Frondeur. Plutôt à des Efpagnols qu'à des Oftrogoths.

Le Peintre. . . . .
. . . .
. . . .

LeFrondeur. Beaucoup de gens fe perfuadent que nos modes font adoptées généralement par tout l'univers.

Le Peintre Elles ne le font pas même en France.

Tou-

Tous les peuples qui voyagent les uns chez les autres, se communiquent un peu des leurs : on en voit la preuve en nous ; si nous sommes François par la tête, nous sommes Anglois par les pieds.

Le Frondeur. Vous faites en cela l'éloge de notre tête.

Le Peintre. Je ne le prétends point, je vous jure.

Le Frondeur. Pour moi, je ne prodigue pas la poudre ; mais j'aime assez à voir de beaux cheveux graissés, blanchis, cardés, roulés......

Le Peintre. Ah ! que nous sommes loin d'égaler sur cela les Sauvages, nos Antipodes. Dans la mer du Sud, on se sert de poudre jaune & de poudre blanche, & l'on y jouit, par dessus nous, du charme de la poudre bleue.

Le Frondeur. On prétend que cette poudre subtile pénètre les pores, dessèche les nerfs, contribue à la surdité, ou du moins rend l'oreille dure.

Le Peintre. Notre goût en musique est propre à le persuader.

Le Frondeur. J'avoue qu'à tout prendre, la barbe raze est ce que nous avons imaginé de mieux.

Le Peintre. Oui, pour que l'enfance nous juge, pour qu'on méprise la vieillesse, pour qu'on ait raison de nous assimiler à de vil castrats.

C

Le Frondeur. Je ne fuis point de votre avis; la barbe eft importune & fale.

Le Peintre. Elle exige du foin , je l'avoue ; mais en arrêtant le contact de l'air , elle retarde l'offification de plufieurs cartilages , les nourrit par les humeurs qu'elle pompe , entretient l'éclat des dents, rafraîchit les lèvres , favorife d'imperceptibles fécrétions , conferve un jufte équilibre entre les divers liquides renfermés dans la tête ; & nous fait vivre dix ans de plus.

Le Frondeur. Une barbe de quelques jours eft une chofe affreufe.

Le Peintre. Vous en jugez par celles qui courent les rues ; mais croyez qu'il eft beau de voir un menton bien touffu , terminer avec nobleffe une tête de caractère. On cite encore à Paris la bonne mine des Envoyés de Maroc. Ah ! la peinture a perdu de beaux modèles.

Le Frondeur. D'où peut venir la profcription des barbes longues & des habits larges ?

Le Peintre. De là prudence des Souverains, qui, ouvrant à la fuite des troubles, un accès libre auprès de leurs perfonnes , ont craint qu'un refte des traits de la guerre ne fortît des plis d'un manteau , & qui ont efperé de lire fur un vifage dégarni les mouvemens fecrets de l'âme. Le Czar Pierre avoit fes deffeins quand il rifqua des émeutes pour voir à nud les mentons ruffes,

Le Frondeur. Revenir à l'ancien usage, seroit donc, pour ainsi dire, un éloge indirect des possesseurs du Trône.

Le Peintre. Assurément.

Le Frondeur. Eh bien, ne vous affligez plus, ni vous ni les Peintres, & comptez que cet usage là reviendra.

Le Peintre. Jamais.

Le Frondeur. Pourquoi pas?

Le Peintre. Il y a trop de gens dans Paris dont le mérite est dans leur habit.

Le Frondeur. D'ailleurs, d'autres raisons retiennent encore; on veut ménager la pudeur.

Le Peintre. Vous voulez rire. Un Garçon Boulanger court la Ville sans révolter la pudeur de qui que ce soit. Il faudroit prodigieusement retrancher à notre costume, avant que de le rendre aussi leste que celui-là.

Le Frondeur. Vous ne voudriez pas nous faire imiter ces braves Soldats Ecossois, qui, forcés, il y a peu de temps, de *porter* des culottes, les *portoient* fort proprement sous leurs bras.

Le Peintre. Je le trouve bien plus spirituel à eux qu'à nous d'y porter un mauvais chapeau.

Le Frondeur. L'amitié ne tient pas précisément à la forme des habits, quoique cette forme soit quelquefois l'unique bien de différentes compagnies; mais cependant on ne sauroit aimer beaucoup ce qui

paroît trop ridicule : or , comment deux hommes ,
fagottés ainfi que nous voilà , peuvent-ils s'aborder
fans rire ?

Le Peintre. Vous vous moquez de nous à votre
aife ; mais vous ne dites mot des femmes.

Le Frondeur. En voyant leurs attraits , j'oublie un
peu leur coftume.

Le Peiutre. D'ailleurs , nos Parifiennes paffent
pour être mifes avec une élégance parfaite. Les pou-
pées de B. fervent de modèle en Ruffie.

Le Frondeur. Soit. Mais les aimables Cauchoifes
& les jolies Languedociennes ont un goût qui les fert
tout auffi bien.

Le Peintre. On croit fe donner plus d'importance
en fe donnant plus d'ampleur par le fecours de gros
paquets de matières étrangères; on ne fait qu'enfeve-
lir fa figure & fa taille dans une maffe énorme d'étoffe
qui forme un mauvais enfemble. Il eft vrai qu'on a
très-heureufement inventé la gaze , fa légèreté permet d'en porter beaucoup fans fatigue.

Le Frondeur. Mais non pas fans embarras ni même
fans inquiétudes fur la plus petite agitation de l'air
& les préfages du baromètre.

Le Peintre. J'ai lu quelque part que l'homme
pouvoit fe foutenir debout chargé d'un poids de 400
livres réparties fur tout fon corps. En évaluant la
force d'une femme à la moitié de celle d'un homme,
je foupçonne que l'ufage de la gaze pourra durer

jufqu'à ce que l'attirail d'une petite maîtreffe couvre énfin cent toifes quarrées de pavé.

Le Frondeur. Hélas ! déjà la pitié fuffit pour nous engager à décrier leurs vaftes atours. Ce que nous avons diminué de nos vêtemens, a tourné au profit des leurs.

Le Peintre. Il leut feroit bien permis aujourd'hui de s'écrier avec Phèdre :

> *Que ces vains ornemens , que ces voiles me pèfent !*

Car en effet les foibles beautés ne peuvent déjà plus traîner leur parure.

Le Frondeur. Précifément; j'apperçois là-bas deux petites Bourgeoifes qui fe ruinent pour n'imiter que l'étalage d'une Femme-de-Chambre.

Le Peintre. Adieu, je vous quitte; car je fouffre en voyant ce fexe préférer un luxe difpendieux, & fouvent fale, à des ajuftemens propres, élégans & fimples, qui l'embelliroient à nos yeux.

SECOND DIALOGUE.

LE FRONDEUR, UN MUSICIEN.

*L*E *Frondeur.* Oui , MM. , je foutiens que vous avez tort de regimber contre la critique ; puifque vous montrez vos ouvrages , vous devez fouffrir qu'on les juge. Auriez-vous le droit de condamner le public à fe taire ou à vous louer ?

Le Muficien. D'où naît votre colère , M. le Fron-deur , je vous trouve furieufement ému.

Le Frondeur. Je réponds à ces miférables ma-nœuvres , qui font déféfpérés de ne partager nuls éloges avec un Vincent , un Peyron , un Vernet , un Renaud , un Vien , un Menageot. A les enten-dre , le commerce des Tableaux va finir , & l'état fera perdu fans reffource , fi l'on fe moque tant foit peu d'un horrible Hercule , jouant avec des Anguilles , & d'une Alcmène digne tout au plus de les apprêter , parce que les yeux de cette Alc-mène , pareils à deux efquifs échoués fous un ro-cher , font baiffer l'œil le plus intrépide ; ils ne veulent ni qu'on regarde , ni qu'on vante ces deux charmantes femmes qui voyent revenir Alcefte de l'autre monde , ni qu'on félicite Madame Guiard

18.

20.
101.

de son surprenant Tableau portrait, ni qu'on admire ce superbe orage du seul rival qu'ait depuis long-temps la nature dans aucun art ; & parce qu'ils ne s'attirent que du mépris, ils voudroient priver les grands hommes de l'éclatant tribut de notre enthousiasme.

Le Musicien. Laissez-les dire, & parlez-nous de ce Philoctète.

Le Frondeur. L'Auteur a mieux réussi dans ses deux petits Tableaux de sainte Thérèse & de sain_t Jean ; d'ailleurs, il ne manque pas de mérite ; mais je crois devoir l'avertir qu'il vaut mieux courir une petite carrière, que de s'épuiser en vains efforts pour en fournir une grande, & que la médiocrité dans un genre ne sera jamais préférable à la supériorité dans tout autre.

Le Musicien. Que fait ce Moribond tout là-haut ?

Le Frondeur. Il y reçoit ses derniers Sacremens.

Le Musicien. Il nâge dans une couleur toute aussi morte que lui.

Le Frondeur. Il est triste pour un homme habile de ne pas distinguer soi-même les justes limites de son talent. L'auteur de cette grossière peinture pouvoit en faire un très-beau dessin ; j'en vois de lui plusieurs qui le prouvent.

C iv

26.

110.

112.
113.

148.

Le Musicien. Il a donc le même tort que M. Vien.

Le Frondeur. Quelle différence ! Il est très-loin d'avoir les mêmes ressources. Si je vois avec peine que M. Vien resserre trop la scène, que son architecture est trop lourde, qu'il met en mouvement trop de mains, que le ton de sa couleur est trop uniforme, du moins j'apperçois avec autant de satisfaction que ce coloris est brillant, que ces chairs sont largement peintes, que cette architecture est sagement composée, que cette scène est remplie de personnages vraiment pénétrés d'un sentiment qui ne sort point de l'action représentée. Ainsi ce que j'estime dans le tableau de l'un, l'empêche d'être mauvais, & ce que je blâme dans le tableau de l'autre, ne l'empêche que d'être parfait.

Le Musicien. Vous trouverez un grand mérite dans Cléopâtre, la scène sur-tout paroît vaste.

Le Frondeur. Il est aisé de l'agrandir avec des perspectives de bâtimens, mais cette ressource facile ne doit être employée seule ni prodiguée, autrement on deviendroit Peintre de genre.

Le Musicien. Aussi les deux figures plus éloignées contribuent-elles de même à montrer cette profondeur. Que dites-vous du total ?

Le Frondeur. J'en estime assez l'ordonnance. Le coloris est vigoureux, les masses de clair-obscur bien disposées ; mais Cléopâtre n'a qu'une expression d'Actrice ordinaire. Vous favez que dans la nature les ombres n'ont point de couleur, & cependant celles de Cléopâtre font excessivement noires. Les draperies font toutes belles, mais le jeu de leurs plis a la roideur du mannequin. En général, toutes les femmes dans les tableaux de cette année font un peu lourdement vêtues. Je voudrois engager les Peintres habiles dans la pratique, à s'occuper aussi davantage du caractère des têtes, car outre le mouvement passionné des muscles, il exifte encore des combinaifons de traits plus favorables que d'autres à défigner fortement chaque paffion différente.

Le Muficien. M. M... paroît négliger un peu cette étude pénible, mais effentielle, & qui donne à Raphaël un fi haut rang parmi les Peintres.

Le nouvel agréé fait honneur à l'Académie; ce 193. Saint Charles est bien compofé. L'Eglife gothique est analogue au fujet, & donne au fond de la richeffe. La figure du Prêtre refpire la piété. Il fe trouve de fort bonnes têtes dans la demie teinte. La lumière du flambeau fe diftingue affez de celle du jour, n'êtes-vous pas de mon avis?

Le Frondeur. Entièrement.

Le Muficien. Cette autre compofition du même maître est belle; je crains qu'elle ne rappelle trop des ouvrages déjà connus.

Le Frondeur. Il est effentiel de fuivre d'abord pas à pas les traces des grands modèles; mais pour

en fervir foi-même un jour, il faut ouvrir de nou-
veaux chemins : c'eft ainfi que l'on parvient à faire
d'excellens Tableaux, tels que ceux de Petus &
Arria.

Le Muficien. On leur trouve plufieurs défauts.

Le Frondeur. Et c'eft avec raifon ; car ils en ont.
Je leur trouve plufieurs beautés.

Le Muficien. Aidez-moi à les connoître.

Le Frondeur. Dites-moi ce que vous avez entendu
blâmer ?

68. *Le Muficien.* Ce Pœtus, dont la tête eft petite, la jambe longue, & qui fe trouve tellement
éclairé, qu'il paroît avoir l'épaule fur un autre plan
que la cuiffe. Ses ombres font fort noires, fes
reflets verds défagréables ; la draperie jaune fait
fur le genou d'Arria, un long pli droit & fans
grace ; la fuivante ne foutient pas fa Maîtreffe ;
elle annonce le befoin de groupper, & grouppe
fans agrément ; du refte, le Tableau manque d'harmonie, & n'offre qu'une maffe claire fur un fond
noir. . . . .

Le Frondeur. Arrêtez, je vous en fupplie, car
fi je vous laiffe continuer, vous critiquerez jufqu'à
la bordure, & la fomme des reproches furpaffera
celle des qualités dignes d'éloge.

Le Muficien. Si ces qualités font importantes, le
mérite n'en fera pas plus petit.

Le Frondeur. Je ne puis louer ici qu'une baga-
telle.

Le Musicien. Quoi ?

Le Frondeur. L'expression.

Le Musicien. Vous la trouvez....

Le Frondeur. Admirable.

Le Musicien. Je conviens qu'elle m'attendrit.

Le Frondeur. Elle m'attendrit & m'étonne.

Le Musicien. Elle est parfaite ; mais n'en est-il point
ici d'autre aussi belle ?

Le Frondeur. Non, parce qu'à mérite égal, vous
n'en trouverez point d'aussi difficile.

Le Musicien. Où voyez-vous la difficulté ?

Le Frondeur. Dans l'art d'unir sur les mêmes traits
deux sentimens compliqués.

Le Musicien. Il est vrai que le corps de cette
femme chancelle &, que son âme ne paroît point
abattue.

Le Frondeur. La foiblesse de la nature & la fermeté du courage ne se combattent pas sur sa physionomie ; elles s'y confondent par un doux accord ; il
faut, ou ne plus vanter la tête de Médicis, ou admirer beaucoup celle-ci.

Le Musicien. Ne prêtez-vous pas des charmes
à ce qui vous a séduit ? On croit souvent appercevoir dans un Tableau les beautés que l'on y
crée.

Le Frondeur. Un Amateur ignorant peut admirer

des fantômes ; mais un homme inſtruit des procédés d'un art , diſtingue parfaitement ce que le haſard a produit, de ce qui a coûté des réflexions. Toute beauté qui conſiſte dans un ordre heureux de penſées , atteſte un génie ordonnateur ; mais cette ſorte de beauté rare, n'eſt pas ſenſible à tous les yeux.

Le Muſicien. Les rivaux de ce Maître paroiſſent préférer ſon petit Tableau.

67.

Le Frondeur. Ils ont droit de l'eſtimer davantage, car on ne peut rien y reprendre ; mais quoique la penſée en ſoit fort belle & l'exécution très-hardie, c'eſt le premier que j'admire , en aimant toujours celui-là. Vous en connoiſſez les raiſons.

Le Muſicien. Nous n'avons rien dit de la piété de ces Dames Romaines, qui ſacrifient leurs bijoux afin de fournir au vœu de la République envers Apollon.

7.

Le Frondeur. Nous en avons déjà trop parlé : l'Auteur a-t-il fait vœu de ſe moquer des Romains & des Dames Romaines, en les faiſant comparoître, avec cet air niais , au milieu de ce ridicule inventaire.

Le Muſicien. Vous ne reprocherez pas la même choſe à l'Auteur de ce Moïſe ſauvé des eaux.

9.

Le Frondeur. Tout au contraire : c'eſt de donner trop d'eſprit, qu'il faut lui faire un reproche. Ses figures font pleines de graces & manquent de naturel; il met un art infini dans la difpofition de ses grouppes & la projection de fes ombres en demie-teinte; je lui confeillerois de ne pas finir au même degré les objets qui ne font pas fur le même plan. C'eft une faute que M. Hue a commife dans fon clair de lune: on y difcerne le payfage avec auffi peu de peine que s'il étoit éclairé par la lumière du foleil.

Le Muficien. J'attends que vous faffiez-vos complimens à M. S. . . . fur fa Nativité.

Le Frondeur. Je l'en ai loué il y a quatre ans.   24.

Le Muficien. Cela n'eft pas poffible, l'ouvrage eft nouveau.

Le Frondeur. Ou plutôt renouvelé, car j'ai loué, vous dis-je, il y a quatre ans, une Nativité du même Auteur, & d'un genre de mérite abfolument pareil; croyez-vous très-néceffaire de me répéter mot pour mot?

Le Muficien. Vous reffembleriez à M. Roslin, qui refait toujours également bien les mêmes étoffes. Mais je m'apperçois qu'il ne manque pas de rivaux;   32.
en donnant la vogue aux fatins, il a ceffé d'en faire exclufivement le commerce.

Le Frondeur. C'eft une belle étoffe à peindre.

Le Muficien. La plupart des Peintres de Portraits feroient cruellement fâchés fi Dieu la douoit d'une âme.

Le Frondeur. La patience n'y suffiroit plus. C'eſt un modèle fort commode que la nature morte.

65.

Le Muſicien. Je trouve un grand mérite à l'imiter comme le fier Van-Spandonck.

Le Frondeur. C'eſt que dans les Fleurs de cet habile homme elle brille de toutes ſes graces.

Le Muſicien. Avez-vous remarqué cette vue des Tuileries?

35.

Le Frondeur. Et vous, avez-vous fait attention à ces petites Marionnettes campées de même, habillées de même, coëffées de même, enlumi-nées de même, groteſquement deſſinées de même les unes que les autres, & qui tombent en extaſe à cette belle vue?

Le Muſicien. Non. Cela rappelle ſeulement à mon eſprit le ſort affreux de l'intrépide & pru-dent Pilatre; ſon courage eût été digne d'inſpirer à Quinault ces nobles vers de Phaëton, ſi propres à le caractériſer.

> Mon deſſein ſera beau, duſſai-je, y ſuccomber.
> Quelle gloire ſi je l'achève!
> Il eſt beau qu'un mortel juſques aux cieux s'élève;
> Il eſt beau même d'en tomber.

Mais, juſte Dieu, que vois-je, reconnoîtriez-vous Didon?

58.

Le Frondeur. J'ai quelque ſouvenir confus d'avoir

vû cette figure à l'Opéra. Oui, juſtement, c'eſt elle, c'eſt l'excellente Actrice Madame Saint-Huberty; parbleu je commence à prendre une haute opinion de ma ſagacité, voilà le premier Logogryphe dont j'aie de ma vie trouvé le mot.

Le Muſicien. Quoi! Madame Coſter, toute femme qu'elle eſt, n'aura pas de vous ſa petite portion d'encens?

Le Frondeur. Eh bien ſoit, un grain d'encens pour ſon Lièvre; mais qu'elle s'en tienne dorénavant aux Fleurs & au Gibier, c'eſt là mon avis. 59.

Le Frondeur. Paſſerons-nous froidement devant ce Jupiter endormi ſur le mont Ida?

Le Muſicien. Laiſſons-le dormir; le proverbe défend de réveiller le Chat qui dort, & cette maſſe diaprée reſſemble autant à un Chat qu'à un Jupiter. 134.

Le Muſicien. Voùs ſavez, ou vous ne ſavez guères, que la Veſtale Tutia, pour ſe laver d'une accuſation d'inceſte, porta du bord du Tibre au Temple de Veſta, un crible plein d'eau ſans en répandre. 157.

Le Frondeur. De quel crime auroit-on accuſé l'Auteur? S'il a mis dans ce crible tout ſon génie, je le trouve parfaitement lavé.

Le Muſicien. Qu'eſt-ce que le livret m'annonce? *Un Priſonnier tourmenté par ſes remords.* 182.

Le Frondeur. C'eſt tout bonnement une fort

belle académie, de la même main que la supefbe Efquiffe de Bélizaire & l'Archimède.

'Je trouve une emphafe affez puérile dans les dénominations que les Peintres font dans l'ufage de donner à leurs études. Un maigre Vieillard, de nature commune, fe transforme tout-à coup en un
Diogène, un autre en Socrate ; un plâtre exceffivement médiocre, ce fera Phyloctète ; une étude de forcené qui fe déchire les entrailles, devient un Caton d'Utique ; d'un très-beau jeune homme on ne manquera pas de faire un Mercure. Les grands mots en impofent, & la plûpart du temps

> La Montagne en travail enfante une Souris.

Le Muficien. Ce vers de la Fontaine me rappelle que je viens de le voir lui-même.

Le Frondeur. Bon ! vous aurez pris fa figure en marbre pour lui.

Le Muficien. C'eft donc M. Julien qui l'a faite, car elle refpire.

Le Frondeur. Juftement, & vous avez dû voir autour de la Plinthe quelques fujets tirés de fes fables en bas-reliefs.

Le Muficien. Le Sculpteur auroit fait preuve de goût en littérature, s'il eût rappelé seulement les plus parfaites, telles que le Chêne & le Rofeau, le Vieillard & les trois Jeunes-Hommes, le Payfan du Danube & les deux Pigeons. Mais fi les Artiftes

tiftes craignent d'acquérir ces fortes de connoiffances aux dépens d'un temps néceffaire à l'étude
particulière de leur art, je leur conseillerois alors de
confulter les gens de lettres, afin de réunir dans
leur ouvrage le plus d'efpèces de mérite qu'il est
poffible. . . . .

. . . .

Le Frondeur. Ai-je le droit de blâmer quelque   223.
chofe dans cette figure de ganimède ?

Le Muficien. Sans doute, au rifque de vous
tromper.

Le Frondeur. Les cheveux font maniérés.

Le Muficien La face eft d'une divinité.

Le Frondeur. Les cuiffes font un peu maigres.

Le Muficien. Le torfe eft de la plus parfaite
beauté.

Le Frondeur. Les pieds font de marbre.

Le Muficien. Les bras font de chair.

Le Frondeur. Les extrémités font peut-être un
peu fortes.

Le Muficien. Les jambes font fupérieurement
bien paffées.

Le Frondeur. Il y a quelques défauts de relation
entre la nature des différentes parties.

Le Muficien. L'effet de l'enfemble, les acceffoires & la pofe, ne laiffent rien à foupçonner
de mieux. Voilà le Puget.

D

Le Frondeur. Lorsque le Souverain se plaît à
gratifier la nation d'une image durable de ses
grands hommes, je trouve que M. Foucou mérite beaucoup d'éloges pour avoir imaginé, le premier, d'employer la sculpture à perpétuer la mémoire de l'un de nos plus célèbres Sculpteurs.

247.

Le Musicien. Comment trouvez-vous qu'elle est
pensée?

Le Frondeur. Très-heureusement. Cette tête du
Milon ne pouvoit se montrer plus à propos.

Le Musicien. Et quant à l'exécution?

Le Frondeur. J'y trouve un grand défaut.

Le Musicien. Quel?

Le Frondeur. De n'avoir pas six pieds de proportion.

Le Musicien. Oh! n'y voyez-vous que cela, ce
n'est rien, ces sortes de défauts se réparent.

Le Frondeur. Lequel préférez-vous des deux Mer-
cures?

Le Musicien. L'un, celui en marbre, s'est trouvé
tout composé dans la tête de l'Auteur, qui com-
pose toujours agréablement & d'une grande manière; l'autre, celui en plâtre, s'est composé partie à partie; & j'avoue que l'Auteur de ce fleuve,
dont l'attitude est si fière, le caractère si grand,
le style si noble, les muscles si bien étudiés & si
larges, me paroît l'emporter par des qualités toutes

234.

différentes dans fon Mercure ; mais l'autre, cependant, mérite une grande eftime.

Le Frondeur. Avez-vous examiné le célèbre Marin, le brave Duquefne donnant des ordres fur fon Vaiffeau ?

Le Muficien. J'ai bien remarqué ce nom ; mais à la place du Capitaine, j'ai cru voir le Maître d'équipage empalé au bout d'un mortier.

Le Frondeur. Beaucoup de gens le difent bien modelé.

Le Muficien. Bien modelé ! à la bonne heure ; mais malgré cela ne pouvant fervir que d'un très-méchant modèle.

Le Frondeur. Il a pour voifin Philopœmen, à qui, par l'ordre de Dinocrates, un bourreau porta du poifon : « Or, étoit Philopœmen, lorfque l'exé-
» cuteur entra, couché fur un petit manteau,
» non qu'il eût envie de dormir, mais bien le
» cœur ferré de douleur, & l'entendement trou-
» blé d'ennui. Quand il vit de la lumière, & cet
» homme auprès de lui, tenant en fa main un
» gobelet où étoit le breuvage du poifon, il fe
» leva en fon féant, mais ce fut à grande peine,
» tant il étoit foible, & prenant ce gobelet, il de-
» manda à l'exécuteur s'il n'avoit rien oui-dire des
» Chevaliers qui étoient venus avec lui, principa-
» lement Lycortas : l'exécuteur lui fit réponfe que

137.

235.

D ij

» la plupart s'étoient sauvés ; adonc, il fit un peu de
» figne de la tête feulement ; & en le regardant d'un
» bon visage, lui dit : Il va bien, puisque nous
» n'avons pas été malheureux en tout & par-tout ;
» & fans jamais jeter autre voix ni dire autre
» parole, il but tout ce poison, & puis se re-
» coucha comme devant ; fi ne fit pas fa nature
» grande réfistance au poison, tant fon corps étoit
» débile, &c. &c.

Le Muficien. Cette nature pauvre, ces membres
grêles, ne me font voir nullement ce Capitaine âgé,
mais robuste, affoibli de maladie & de fatigue,
mais non dépéri de misère. Un corps ainfi deffé-
ché par un léger féjour dans une prifon fouterraine,
fe feroit-il fait redouter à la tête des Achéens ? Il
convenoit de le montrer la coupe à la main, quef-
tionnant l'exécuteur, ou fatisfait de fa réponfe,
plutôt que de cacher fon visage qui, j'en convien-
drai cependant, l'eft ici fort à propos.

· *Le Frondeur* En citant Amiot, j'ai voulu vous
dédommager du chagrin que vous a caufé cette
trifte Académie. Vous concluerez aufli de ce paf-
fage qu'un feuillet traduit de Plutarque, repréfente mieux, & à moins de frais, un grand
homme, qu'un fac de plâtre employé par M.
Dej.

· *Le Muficien.* Voyez vous cette bonne figure de
203. Vauban dans l'attitude de commander ?

Le Frondeur. Je juge, au contraire, qu'il demande & obtient grace pour les mauvaises figures sorties de la même main.

Le Musicien. Qui sont-elles?

Le Frondeur. La Fidélité.   204.

Le Musicien. Si la ressemblance est parfaite, elle justifie les inconstans. Quelle autre encore.

Le Frondeur. Le Secret en deux volumes.   209.

Le Musicien. Je souhaite beaucoup de plaisir à ceux qui le garderont, pour moi je veux l'oublier. Ensuite.

Le Frondeur. Amphion touchant la Lyre.   208.

Le Musicien. Qu'on le renvoie à Thèbes; si l'original en a bâti les murailles, sa copie peut servir à les réparer.

Le Frondeur. Garderons-nous Pascal à Paris?   198.

Le Musicien. Sans doute.

Le Frondeur. Il est dans une attitude parfaite, & sa tête porte absolument le caractère d'un homme qui médite.

Le Musicien. On voit qu'il applique toute sa pensée au problême qu'il a sous les yeux.

Le Frondeur. Le Sculpteur a représenté Pascal dans l'exercice d'une faculté que ce grand homme regardoit comme celle qui distinguoit le plus glo-

fieufement notre efpèce. Je ne puis me refufer le
plaisir de vous rapporter fes propres termes.

« L'Homme n'eſt qu'un roſeau, le plus foible
» de la nature, mais c'eſt un roſeau *penſant*. Il
» ne faut pas que l'univers entier s'arme pour
» l'écrâſer ; une vapeur, une goutte d'eau suffiſent
» pour le tuer ; mais quand l'univers l'écrâſeroit,
» l'homme ſeroit encore plus noble que ce qui
» le tue, parce qu'il ſait qu'il meurt ; & l'avan-
» tage que l'univers a ſur lui, l'univers n'en ſait
» rien. »

Comment, d'après cela, ne mettrois-je pas au plus
bas rang toute compoſition qui n'eſt le fruit d'aucune penſée, & qui n'en peut réveiller aucune ?
210. Ce Préfident Molé, par exemple ; cet Abel,
243. copié, fuivant toute apparence, d'après différens
modèles, & compoſé de maigreurs & de pauvre-
tés. Et cette foule de Portraits, où l'expreſſion ne
peut que difficilement s'unir à la reſſemblance.

Le Poëte. On ſe récrie contre leur grande quan-
tité.

Le Frondeur. Je n'en découvre pourtant guères
cette année qui ne ſoient intéreſſans. Après ceux
des premiers Perſonnages de l'État, on aime à voir
ceux des Artiftes renommés fortis des mains les
uns des autres. Je reconnois avec plaiſir, au Sallon,
250. cette tête de caractère d'un Journaliſte, excellent
critique, dont le ſuffrage n'a tant de poids que

parce qu'il n'eſt pas aveuglément prodigué ; il a modeſtement gardé l'incognito , mais le louer c'eſt le nommer.

Sous une reſſemblance frappante , l'illuſtre Pro-   248.
tecteur , de l'Inde & l'éternel honneur de ſon pays devoit nous être offert de la main de M. Foucou ; je regrette que cet ouvrage n'accompagne pas ſon Mercure ; on m'a procuré le plaiſir de le voir dans ſon Attelier. M. Veſtier s'annonce dans la carrière   186.
comme un rival des plus grands Maîtres.

La curioſité conduira beaucoup de femmes au   93.
portrait de M. Grétry.

Un ſentiment de reconnoiſſance amènera les ad-   227.
mirateurs du vrai talent devant le buſte de M. de la Rive ; mais il n'y a , je l'avoue , que des hommes publics dont la viſite au Sallon puiſſe , à coup ſûr , intéreſſer le Public , les autres feroient ſouvent tout auſſi bien de profiter de la commodité du Suiſſe , afin de ſe faire écrire à la porte.

Le Poëte. Voilà Racine, ou, ſi vous l'aimez mieux,   233.
la contre-épreuve de Paſcal.

Le Frondeur. Il eſt vrai que ces deux ſtatues , égales en mérite , préſentent deux belles maſſes , également contraſtées juſques dans leurs détails réciproques , & le caractère de méditation dans l'une , forme lui-même une heureuſe oppoſition avec le caractère d'inſpiration très-habilement ſaiſi dans l'autre.

Le Poëte. Ne trouvez-vous pas que nous avons passé trop légèrement sur les tableaux de genre?

Le Frondeur. Ce n'est pas faute d'estimer beaucoup ceux que j'ai vus. Il en est même plusieurs que Vouvermans, Paul Poter, Téniers & Berghem n'auroient pas désavoués. Cette belle Forêt, devenue un Attelier de Peintres en paysages, peut tenir lieu de la nature à ceux qui l'étudient. Quoique un peu sèchement peints, les Animaux qui paissent sont jolimens travaillés. M. de Bucourt a rempli sa vûe d'intérieur d'une scène fort agréable & bien rendue. Le talent de M. Sauvage ne peut pas également nous séduire; mais l'art de peindre étant une véritable imposture, il doit y avoir tout plein de mérite à nous tromper à ce point.

Quand ce Sallon seroit orné de moins d'excellentes Gravures, ce Portrait d'un grand Homme d'État suffiroit pour m'en consoler, lorsque d'obscurs écrits attaquent cet Aigle, peuvent-ils se dire échos du Public, & faut-il aussi que la presse gémisse de leur mensonge?

Le Poëte. Vous vous passionnez; mais, revenons à nos moutons; pourquoi tous ces cadres sont-ils restés si long-temps vuides?

Le Frondeur. Apparemment pour mieux attester l'impuissance où l'on est de les bien remplir.

J'aime à revoir cet Attelier du Menuisier & ce

71.
196.

155.

80.

279.

62, &c.

déjeûner des Peintres, par M. Lépicier ; mais il me semble que ce retour de bons ouvrages au Sallon annonce un peu la disette.

Le Poëte. Oublierons-nous ce joli tableau de M. Lagrenée l'aîné ?

5.

Le Frondeur. La composition en est charmante , le ton de couleur tant soit peu triste ; les deux Chevaliers sont dans une pose gênée ; leur tête a une expression grossièrement vraie : quelle énorme distance entre les pieds de celui-ci !

De qui sont ces petites misérables maquettes ?

Le Poëte. Vous voyez tout le fruit d'une végétation de deux ans.

Le Frondeur. Et l'on se permet d'offrir à l'attention du Public ces tristes embryons d'idées ?

Le Poëte. Vous observerez qu'elles sont encore arrivées avant terme.

Le Frondeur. On a grand besoin du Livre pour expliquer des songes à demi-formés.

Le Poëte. Ceci, c'est Dibutade qui trace l'ombre de son Amant.

212.

Le Frondeur. Je lui trouve d'autant plus d'adresse en cela, que le petit Amour semble avoir éteint son flambeau.

Le Poëte. Voici Pygmalion amoureux de sa Statue.

214.

Le Frondeur. Qu'il foit amoureux tout à fon aife, on ne lui difputera pas cette beauté.

Le Poëte. Je vois venir à nous un perfonnage préférable à des Efquiffes en terre : c'eft le Peintre avec qui je vous ai vu converfer.

TROISIÈME DIALOGUE.

LE PEINTRE, LE FRONDEUR, LE POETE.

*L*E *Peintre.* En vous quittant, j'ai rencontré des gens qui s'étonnoient de vous voir juger les productions d'un Art que vous ne profeſſez pas ; & comme vous ne tenez point pour juges infaillibles du beau, de ſimples amateurs, j'ai eu de la peine à juſtifier la liberté que vous prenez vous-même de prononcer ſur les tableaux.

Le Frondeur. Mes études en muſique & en poéſie ont dû me procurer quelques notions juſtes ſur les beaux Arts en général. Il n'a pas même tenu à moi de me vouer à la peinture ; & dès que je l'ai pu, j'ai ſacrifié une partie de mon temps à m'inſtruire de ſes principes. J'entrevois qu'on doit trouver un plaiſir extrême à peindre. Si la volonté céleſte prolonge mes jours malgré mon deſir, & aſſure aſſez ma fortune pour acquérir ſuffiſamment la pratique de cet Art, j'eſpère bien que tout ce qui ſortira de mes mains, n'excitera jamais le mépris de ceux qui aiment à partager les paſſions & les tranſports d'une ame honnête.

Le Poëte. Lorſque vous diſcouriez des tableaux,

& que je vous ai entendu apprécier ou leur mérite
ou celui de leurs auteurs, j'aurois souhaité que,
pour fixer davantage encore mes idées, vous m'eus-
fiez rappelé en poéfie quelque morceau qui poffé-
dât un mérite analogue.

Le Peintre. J'aurois defiré de même des exemples de beautés pareilles, tirés de la mufique, dont
j'ai quelque connoiffance légère.

Le Frondeur. Ce vœu n'eft pas facile à remplir.
Il me faudroit pouvoir multiplier mon ame; &
confidérant les fens comme des portes par où cette
ame laiffe échapper deux fortes d'émanations très-
diftinctes, celles du cœur & de l'efprit, j'effayerois
alors d'examiner quels maîtres dans un Art ou dans
un autre en auroient le plus animé leurs œuvres.

Le Poëte. Voilà pour une recherche abftraite
une méthode claire, & qui me fournit une balance
propre à pefer le génie ou la fenfibilité des différens
Maîtres.

Le Frondeur. Oui; mais leurs ouvrages en particulier frappant à leur tour nos fens, caufent,
par l'idée qu'ils réveillent dans notre ame, une
impreffion de plaifir ou de peine qui les diftingue &
qui malheureufement varie à l'infini. Car, comme
je l'ai dit en parlant du beau, nous aimons tout ce
qui nous reffemble, ou tout ce qu'un long voifi-
nage unit en quelque forte à nous. Or, ces rela-
tions délicates font fufceptibles de difcuffions fans

nombre, où je n'ose pas m'engager. D'ailleurs, prétendez-vous que je rapproche à vos yeux un Peintre d'un Poëte & d'un Muſicien, ou bien que j'établiſſe cette ſorte de comparaiſon entre des œuvres pittoreſques, muſicales & poétiques ?

Le Peintre. Faites comme bon vous ſemblera, mêlangez ou non les deux moyens de nous inſtruire, n'importe, mais inſtruiſez-nous.

Le Frondeur. Si je remplis mal vos deſirs, votre empreſſement me ſervira d'excuſe, & du moins vous me ſaurez quelque gré de la précipitation que j'y mets.

Lorſque je lis Colardeau, lorſque je regarde le tableau de M. Vien, je me dis alternativement : ſes vers ſont corrects ; ſon deſſin n'eſt pas répréhenſible ; il accouple avec douceur les mots, il aſſortit prudemment les couleurs. Son idée n'eſt jamais baſſe, ſes airs de tête ne ſont jamais ignobles. Son ſtyle conſerve un caractère d'élévation ; ſes draperies ſont ajuſtées avec nobleſſe ; il met beaucoup de ſageſſe dans la conduite de ſes poëmes, mais on n'y rencontre point ces grands contraſtes ſoutenus qu'une imagination forte ſe plaît à créer. Son ordonnance a de la dignité, mais on n'y voit jamais ces belles maſſes de lumière & d'ombre, qui, du plus loin qu'on les apperçoit, offrent d'abord de l'exercice à l'œil. Les expreſſions paſſionnées ne lui ſont point étrangères, mais les refforts de fon ame manquent de cette vigueur qui porte au dernier degré les paffions des Héros. Il eft en état de peindre une fcène intéreffante, mais il ne marque point fur les vifages une énergie de fentiment qu'un cœur toujours paifible ne peut ni manifefter ni reffentir. C'eft avec de telles qualités qu'on fe fait aimer; ce n'eft pas cela qu'on admire.

Les airs d'Anfoffy ont très - fouvent l'élégance qui brille dans les figures du Peintre gracieux du Moïfe, mais celui-ci montre dans la partie mécha-nique de fon Art, un choix de principes que le Muficien n'a pas.

En voyant les tableaux de fon aîné, je me rap-pelle toujours les vains efforts que fit Dorat pour foutenir le ton tragique; fouvent auffi galant, mais moins fin que ce joli Poëte, j'aime à les voir l'un & l'autre fe renfermer dans de petites bordures.

Je pourrois comparer à plus d'un ouvrage de M. Gluck, les tableaux de M. Vincent : une paf-fion fortement fentie & rendue énergiquement par le moyen d'une connoiffance profonde de toutes les reffources de l'Art; des compofitions quelquefois bifarres, mais toujours neuves; les plus gran-des beautés voifines du ridicule; une attention toute particulière à bien caractérifer la fcène : voilà par quels traits fe reffemblent ces deux Artiftes; & je ne doute pas qu'un jour quelqu'ouvrage brû-lant d'expreffions, ne confirme l'opinion où je fuis que le génie de M. Vincent ne le cède en rien au génie du célèbre auteur d'Iphigénie en Tauride & d'Alcefte.

M. David , à la févérité du deffin , de même que Boileau , à la propriété des termes, unit le talent de bien peindre , comme Boileau celui d'exprimer fa penfée en fons harmonieux. Déjà comme ce grand Poëte, à l'aide des beautés antiques, il contribue à régénérer fon art. Puiffe-t-il un jour , dans fes Tableaux , manifefter cette grandeur de goût qui a produit l'art poëtique , & cette philofophie folide dont l'admirable fatyre de l'homme eft un fruit!

Un génie à-peu-près égal , femble à la fois avoir infpiré Quinaut & M. Peyron dans leurs Alcefte. L'une & l'autre refpirent la même douceur , préfentent la même poéfie & peignent le même degré de tendreffe. La conduite de la pièce théâtrale attache l'imagination , comme la difpofition des figures attache les yeux , & l'une eft auffi facile à faifir que l'autre; enfin tous les perfonnages de l'Opéra ne font pas parfaitement nobles , & toutes les têtes du Tableau n'offrent pas la perfection de la beauté.

Dans la forme des grouppes que j'obferve depuis long-temps, j'ai cru voir de l'analogie avec les belles formes de nuages dont le Ciel eft fouvent orné. Si j'étois Peintre, leurs contours auffi fouples que variés , me ferviroient encore de modèles par rapport à l'heureufe & très-fenfible diverfité de leurs plans, & à la douceur de leurs ombres. Je retrouve dans le trait qui termine de toutes parts d'une manière moëlleufe les grouppes de Bélizaire & d'Alcefte, le fentiment de ces aimables formes.

Le Poëte. J'aurois peu de peine à croire que le fpectacle des nuages ammoncelés qui amnoncent une tempête, eût difpofé fecrètement d'avance dans le cerveau de Raphaël, l'ordonnance grande & fière de fes batailles.

Le Frondeur. Les têtes de M. Bren... me rappellent, malgré moi, ces débuts d'airs fans caractère, tels qu'en a fait quelquefois le gracieux, fenfible & délicat Piccinni. De ces airs, dont le premier trait de mélodie n'eft formé que des fimples notes d'un renverfement d'accords, tels que ceux-ci, *régnez en paix fur ce rivage. O Jupiter mon père, mes traits & mon flambeau*; avec cette différence pourtant que dans l'accompagnement du Muficien, on retrouve ordinairement l'efprit que fon chant n'a pas; au lieu que le Peintre, dans fes têtes, femble avoir mis tout celui qu'il peut avoir.

M. Vernet réveille en moi le fouvenir des airs de Ballet de Rameau. Ce Muficien fublime n'avoit pas, plus que le Peintre, la conception grande, rapide & fûre. Ces larges maffes de flots en fureur & de rochers effrayans, me rappellent ces baffes fonnantes & hardies dont il accompagnoit des chants légers comme les nuages de l'air. Ces lignes droites
fávamment

favamment coupées par des arbres ou d'autres lignes, font à l'œil le même effet que faisoient fur l'oreille les mouvemens contraires d'une harmonie toute mélodieufe. La fraîcheur du coloris n'efface point, mais égale celle qu'on retrouve encore dans les tours heureux de chant dont Rameau fut le créateur ; & pour achever le parallèle, ces deux grands hommes font à jamais inimitables.

Si M. Bonn... fi M. Jol... paroiffoient encore au Sallon, leur pendant s'y trouveroit. De même que ces Peintres, M. Grétry fe diftingue par un favoir peu profond, mais un efprit pétillant. Il a beaucoup d'ufage du théâtre, ils ont beaucoup d'ufage du chevalet. Souvent une idée heureufe s'offre à leur efprit, mais le défaut de connoiffances effentielles de l'art, les réduit à n'employer que celles qui n'exigentpas un grand fonds d'études. Il leur échappe, ainfi qu'à lui, de ces fautes qui choquent à la fois les règles & la raifon. La différence entre ces Auteurs, c'eft que, jugés ici par leurs pairs, les uns n'y font plus admis, & que l'autre a obtenu des préférences marquées fur un théâtre enrichi des productions des plus célèbres Compofiteurs.

Les ouvrages de M. Men... m'affectent de la même manière que le théâtre de du Belloy. Le mérite pratique de ces Auteurs eft le même, ils font tous deux plus amis d'une certaine élégance, que du beau choix & de la pureté du goût : brillant

E

tous deux dans plufieurs importans acceffoires , ils décèlent, par la manière dont ils établiffent leurs perfonnages, en fcène , qu'ils font plus empreffés de les montrer , que jaloux de les montrer à propos. Ils ufent fréquemment l'un & l'autre de reffources de métier, dont il eft bientôt facile de s'appercevoir ; mais une réunion affez rare de qualités eftimables , fera furvivre leur mémoire à la génération préfente.

Je ne puis mettre en comparaifon M. Ville, qu'avec un Muficien trop connu pour l'honneur de nos prétentions au bon goût lyrique : la cendre de Fl. ne gémira pas d'une vérité que le bruit de fes triomphes a dû l'empêcher d'entendre ; mais je retrouve des deux côtés prefque une pareille ignorance de ces procédés de l'Art qui atteftent ou la vigueur de la tête , ou la délicateffe du cœur. L'un étend des couleurs fur la toile avec auffi peu de réferve , que l'autre jetoit des notes fur le papier ; ce font de ces hommes qui , renommés pour avoir travaillé beaucoup , n'ont pourtant pas fait un feul morceau capable de foutenir l'examen d'une critique éclairée ni digne d'être offerte pour modèle. Leurs partifans fe rallient au bruit des murmures, & donnent une gloire éphémère à l'objet d'une aveugle prédilection ; mais dans un autre temps, d'autres hommes replongent dans l'oubli cet objet d'autant moins eftimable , qu'il emporte le prix des talens, fans s'être feulement donné la peine de le mériter.

N O T E.

Enfin, je l'ai vu ce ferment des Horaces, fi   103.
defiré, fi loué, fi admirable. Je dois à mes Lec-
teurs l'aveu du vif plaifir qu'il m'a caufé ; mais
la néceffité d'abréger ne me laiffe qu'un parti à
prendre; c'eft de citer fes défauts, & d'oublier
fes beautés nombreufes. Le bras du fils eft un
peu fort, la main droite du père vient en avant ;
le ton en particulier de chaque grouppe eft trop
égal; les épées font négligées. S'il exifte dans cet
ouvrage quelque défaut d'une autre importance,
j'admirerai le Cenfeur qui me le fera remarquer,
comme un mortel doué de la délicateffe
la plus exquife. En attendant, je le crois capable de foutenir l'examen le plus févère ; & s'il
lui refte encore quelque chofe à redouter, c'eft
feulement la louange de ceux qui font l'éloge de
tout le monde.

Au refte, le Sallon de cette année prouve qu'il
eft plus facile de réveiller le génie de l'Artifte François, que la munificence des gens riches.

F I N.

www.ingramcontent.com/pod-product-compliance
Lightning Source LLC
Chambersburg PA
CBHW060802180626
46818CB00002B/674